句集　もちだの里

松塚　豊茂

まえがき

　故郷大和を離れて山陰松江に居住すること既に久しい。今となっては松江に深い縁があったと言わざるを得ない。松江は静かな美しい町である。特に茅屋をかまえる持田は山紫水明、清閑の気自《おのずか》ら漂う。気の向くままに一歩出ると緑ゆたかな自然が迎えてくれる。そこに一木一草との言葉以前の出合いがある。言葉以前は、黙。黙が言葉にもたらされて言う考えるが成立する。

　私は俳句について全くの素人、師についたこともなければ、書を繙いたこともない。素人のあつかましさで、読売新聞松江支局俳句係に投稿、選者渡辺美知子先生に選ばれた句もある。また、旧制高校の畏友原田碧明子先生に凡作を見てもらった。ところで小生、卆寿をむかえ日に日に身心の衰えをおぼえる。このへんで区切りのつけ時かとも思い、上梓にふみ切った。

前述のように、私は全くの素人であるが言いたいことが一つある。すべての言葉は名号から出て名号にかえる。すなわち言葉という言葉は名号の言葉。名号を離れた一言隻句もない。その意味で名号は根源語である。そして名号はすべてのもののあり場所として、すべては名号においてある。以上、言葉は現実を離れず現実は言葉を離れない。言が事、事が言。そこに言葉の本質が現実と一つにあかるみにもたらされる。現実から離れた言葉はいかにも軽い、浮いている。したがって意志伝達の手段としての言葉の機能的な見方は、言葉の本質にあたらない。俳句には自然句と生活句があるらしいが、技巧以前の問題として言と事の同一がこれは俳句について最も厳密な意味で言われなければならないであろう。それゆえに〝俳句は自然観照ではない〟。観照は主客分離の立場、観る人と観られる自然の乖離がある。そこでは言葉と自然、言と事の同一が忘れられているから。

言うことが許されるならば、言葉の本質への省察が上梓につながり、その意を含めて『句集　もちだの里』となった。

世の諸賢の御叱正をまつ。

二〇二〇年十二月

松江にて

著者

菊の花南無阿弥陀仏と開きけり

宍道湖に落つる夕日や春の暮

時知るや路傍に開く彼岸花

春宵や道の彼方に星一つ

時いたり柿色づける散歩道

行く雲や若葉にかげをうつしつつ

南無阿弥陀花のなかより浮かびけり

雲垂れて夕闇せまる枯野かな

弥陀仏の養ひたまふ稲穂かな

朝まだき夢おどろかす霰かな

鶏頭の花の深さは南無阿弥陀
主なき家にも梅のつぼみかな

秋風や自然法爾の竹が鳴る

散歩道春の息吹に出合ひけり

草も木も残暑厳しや雨をまつ

夕暮の風にそよぐや枯すすき

万の柿枝は重しと耐えにけり

寒中や雲間に洩るる日のさやか

山の色水の響きも秋深し

枯野原一点動く鳥ならむ

柿の実に父思ひ出す日暮れかな

春がすみ一点破る日の光

鶯の声に目覚むる朝ぼらけ
ゆずの実の枝もたわわの恵みかな

雪どけの滴々断えぬ響きかな

青葉をも茜に染めて日の落つる

紅葉《もみじば》の日脚のびるや時の舞い
碧空や白雲流れ風薫る

仏前へ一輪手向く濃あぢさゐ

紅梅の黄梅散るにつづきけり

木蓮のつぼみに春を見つけけり
夏野原名もなき花の咲き乱る

紅一点荒野にひらくぼけの花
満天を茜に染めて夏日落つ

白梅にうぐいす来れど声立てず

夕空に時を告ぐるや鰯雲

春の田や打ち返されし土匂ふ

里山のひと日の暮れぬ蝉の声

幼児《をさなご》の負はれて聞ける虫の声

清涼の気をつらぬくや虫の声

寒に堪え見えつかくれつ松みどり
もみぢ葉の一点著《しる》き里の山

紅葉の朝日に映えて色添ふる
ぐみの実に幼き頃にかえりけり

名号のなかに開けるさつきかな

風和ぎて寂たる雪の谷間かな

陽光の梅の蕾を育てをり

五月雨に楠の大樹のけぶりけり

父くれし柿の木古びてつた巻きぬ
残照の澄みわたりける彼岸かな

里山の緑を洩るる日のさやか
畦道を光るほたるやこんばんは

野も山も万目枯るる冬の暮
日の光青葉若葉と戯るる

鳥舞ふや緑深まる里の山

木蓮の満天の花仰ぎけり

一輪のバラの深紅や南無阿弥陀

時告ぐる草叢の声きりぎりす

故郷へ想ひや深し地蔵盆

大虹の天地跨ぎて冬日落つ

たそがれやひぐらしの声降るごとし

気のせくや樹下の親父につくつくし

侘しさのいよよ深まる秋の暮

夕日受け谷間に舞ふや赤とんぼ

なごり茄子時を刻める実りかな

木犀の歩みを止むる匂ひかな

名も知らぬ花の告ぐるや秋の暮

人工の飾りは貧しクリスマス

松みどり色を添いける紅葉かな

赤も黄も包まれてゐる小春かな

若みどり枝の間より万の星

古橋や渡る人なし秋の暮

老いの身のしよぼくれ行くや里の秋

夏草や名もなき花の咲き乱る

見上ぐれば一天澄める月のかげ
老いの身を吹き抜けにけり枯つ風

さらさらとただささらさらと春の川

樹々の影窓辺に投げて秋日落つ

夕暮や蕾おこしの小雨かな

静寂のなか秋風の抜けゆけり

菜の花や小雨けぶりて時知れり

一燈の洩るる山裾冬の雨

こんにちはつくし顔出す野道かな

故郷へ思ひは深し年の暮

主なき庭にも時知る桜かな

かりそめの宿りなりけり梅の花

紅の梅開きて鳥一羽

初夏の風時の香りをはこびけり

野も山もかすみておぼろ春の宵
亡き友のこころを托す槙新芽

枯草に一点動く小鳥かな

日の光夏草の野に戯るる

白梅にうぐいす来れど声立てず
気のせくや窓を開くればつくつくし

照りもせず曇りもはてぬ冬日かな

小夜更けていよよ澄みゆく虫の声

明かるさや刈田色づく昼さがり

静けさや寒鴉一声貫きぬ

残照や落穂ついばむ群れ烏

陽光にいよよ香し寒つばき

春なれや雲間を洩るる日のさやか

遠山にけぶりたなびく冬の暮

日の光梅の芽を育てており

夕闇に浮かび出でたる木瓜の花

あらかしの芽にみなぎるや樹のいのち

行く道や昔を偲ぶ枯すすき

雷鳴のやみて出でける冬の月

雨あがり緑いやます里の山

杉一木入日に浮かぶ彼岸かな

梅雨晴間名もなき花に日の宿る

ビワの花冬に咲くとは知らざりき
晩冬の日の当たりたる古家かな

寒菊のいよよ鮮やか昼さがり
草むらに時を告ぐるや虫の声

鳥鳴けば朝日輝く枯野かな

清閑やつらぬき渡る蟬の声

見上げれば北斗七星冴ゆるなる
気のせくや窓越しに聞くつくつくし

朝もやに浮かび出でたる紅葉かな

くら闇に時を告ぐるや虫の声

一灯を点じて侘し冬の暮

夕闇に浮かぶやほのか雪ひかり

紅葉や枝から枝へ鳥一羽

あとがき

出版を引き受けてくださった永田文昌堂、印刷製本にお世話になった報光社　荒木　淳氏、川上貴大氏、三島淳子氏に心から御礼申し上げる。

著者略歴

松塚　豊茂（まつづか・とよしげ）

1930年、奈良県大和郡山市生まれ。1955年京都大学文学部哲学科卒、60年同大学大学院博士課程単位修得退学。島根大学助教授、教授、1996年定年退官し名誉教授。2002年「ニヒリズム論攷」で京大文学博士。浄土教の哲学的考察が研究の主要テーマ。

句集　もちだの里

二〇二一年四月一日　発行

著　者　松塚豊茂

発行者　永田　悟

発行所　永田文昌堂
〒六〇〇－八三四二
京都市下京区花屋町通西洞院西入
電　話（〇七五）三七一－六六五一
ＦＡＸ（〇七五）三五一－九〇三一

印刷・製本　株式会社　報　光　社
〒六九一－〇〇〇一
島根県出雲市平田町九九三
電　話（〇八五三）六三－三九三九
ＦＡＸ（〇八五三）六三－四三五五
E-mail：info@hokosya.co.jp

ISBN978-4-8162-6249-4